STAR WARS™

KOPFGELDJÄGER BOBA FETT

Text: John Wagner
Zeichnung: Cam Kennedy

CARLSEN VERLAG

CARLSEN COMICS
Lektorat: Uta Schmid-Burgk, Andreas C. Knigge, Marcel Le Comte
1. Auflage Dezember 1996
© Carlsen Verlag GmbH · Hamburg 1996
Aus dem Amerikanischen von Uwe Anton
Published originally under the title
BOBA FETT Bounty on Bar-Kooda
by Dark Horse Comics, Inc., Milwaukie, OR
Copyright TM & © 1995 by Lucasfilm Ltd., San Rafael
All Rights Reserved. Used Under Authorization
All rights reserved
Redaktion: Marcel Le Comte
Lettering: Monika Weimer
Druck und buchbinderische Verarbeitung:
Westermann Druck Zwickau GmbH
Alle deutschen Rechte vorbehalten
ISBN 3-551-72178-5
Printed in Germany

ES WAR LIEBE AUF DEN ERSTEN BLICK.

EIN FUNKELN DIESER GLUBSCH-AUGEN ...

EIN SCHMOLLEN DIESER KECK HERABHÄNGEN-DEN LIPPEN ...

EIN EINZIGER FLÜCHTIGER BLICK AUF DIE ÜPPIGEN, SO HERR-LICH UNFÖRMIGEN KÖR-PERMASSEN ...

WAS FÜR EIN GÖTTLICHES GESCHÖPF!

...UND GORGA DER HUTT WAR HINGERISSEN.

UHHHHH!

DU HAST DEIN MORD-WERK GETAN, BOBA FETT. RAUS HIER !

HÜTE DEINE ZUNGE ! MEINE ARBEIT IST NOCH NICHT BEENDET...

ICH SUCHE DIESEN MANN. ER HEISST MAGWIT, AUCH ALS "DER MAGIER" BEKANNT. ER SOLL AUF DIESER WELT SEIN.

WER WEISS, WO ICH IHN FINDEN KANN ?

ICH WARNE EUCH ! VER-SCHWEIGT MIR NICHTS !

EINE FERNE GRENZSIEDLUNG ...

HIER IM GRENZLAND HABEN WIR MANCHMAL EIN RAUHES PUBLIKUM, ABER IHR, GUTE LEUTE, WART HEUTE ABEND GANZ TOLL!

DA GEHT MAGWIT DEM MÄCHTIGEN VOR FREUDE DER HUT HOCH!

UND KEIN WUNDER... GLURRRR!

ALLE BEHAUPTEN, ICH SEI HOHL IM KOPF!

ZUM HEUTIGEN FINALE TRETEN NOCH EINMAL MEINE WUNDERSCHÖNE FRAU BELLINA UND DIE MAGWIT-KINDER AUF... WÄHREND WIR AUF VIELFACHEN WUNSCH NOCH EINMAL MAGWITS DES MÄCHTIGEN MYSTERIÖSEN REI-EN-TRICK ZEIGEN!

14

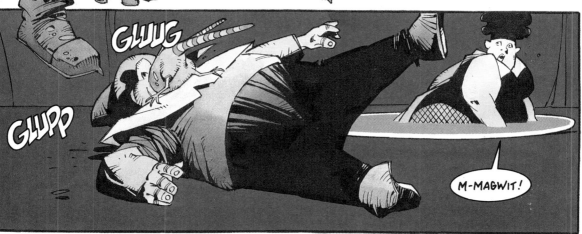

18

W-WAS TUST DU DA?

NICHT MAL DU KANNST TOTE ERWECKEN, BOBA FETT!

SSST

UHHHH ...

NICHT ZU FASSEN!

DROGEN, DIE DIE KÖRPERFUNKTIONEN UNTERDRÜKKEN, SAUERSTOFFTABLETTEN, DIE IHN AM LEBEN HALTEN, BIS ICH WEG BIN. VIELLEICHT DER GRÖSSTE TRICK DES MAGIERS ... HÄTTE ER GEKLAPPT.

ABER ICH BIN VON NATUR AUS ARGWÖHNISCH.

WO BIN ICH...?

WILLKOMMEN IM LEBEN, MAGIER!

O NEIN!

SHUNK

AAHH!

23

UND DOCH LIESS ER DICH LEBEN.

ICH WUSSTE, ENTHÜLLE ICH MEINE GEHEIMNISSE, BRINGT ER MICH SOFORT UM. ZAUBEREI IST NUTZLOS, SOBALD MAN WEISS, WIE ES GEMACHT WIRD. DIE LEUTE MÜSSEN STAUNEN. ALSO HIELT ICH DURCH.

UND AUF SEINE GRAUSAME ART MOCHTE ER MICH WOHL IRGENDWIE.

ER... HIELT MICH VIER JAHRE LANG FEST... VIER SCHRECKLICHE JAHRE... ZWANG MICH, ZU IHRER BELUSTIGUNG AUFZUTRETEN, WÄHREND SIE VOR MEINEN AUGEN... UNAUSSPRECHLICHE GREUELTATEN BEGINGEN! DANN GELANG MIR DIE FLUCHT... DU SIEHST ALSO, ES WAR NICHT MEINE SCHULD! DAS KOPFGELD AUF MICH IST NICHT BERECHTIGT!

DAS KOPFGELD AUF DICH IST GERING... KAUM MEINER MÜHE WERT.

DU KÖNNTEST DIR DIE FREIHEIT VERDIENEN, MAGIER.

DU MÖCHTEST DOCH DEINE FRAU UND FAMILIE WIEDERSEHEN, ODER?

OH, JA! JA!

ICH VERLANGE NUR, DASS DU ZU BAR-KOODA ZURÜCKKEHRST.

BAR-KOODA?! N-NEIN! NIE! ALLES, NUR DAS NICHT! LIEBER VOR EIN IMPERIALES GERICHT ALS ZURÜCK ZU DIESEM UNGEHEUER!

ICH LASSE NICHT MIT MIR VERHANDELN.

DENK DARAN, MAGIER... DEIN FALL MUSS NICHT VOR GERICHT KOMMEN.

DER AUSDRUCK LAUTET WOHL... AUF DER FLUCHT ERSCHOSSEN.

≤SCHLUCK≥

AUF MEINEM LETZTEN SCHIFF GAB'S EINEN KLEINEN STREIT ÜBER MEIN HONORAR... SIE WOLLTEN MICH UMBRINGEN. ICH HIELT ES FÜR RATSAM, MEINE AUSRÜSTUNG ZUSAMMENZUPACKEN UND DAS WEITE ZU SUCHEN...

FALSCH GEDACHT, MAGIER! DENN DAS HAT DICH DIREKT IN BAR-KOODAS KLAUEN GEFÜHRT... UND IN KEINEN KLAUEN IN DER GANZEN GALAXIS WIRD ES DIR ÜBLER ERGEHEN... WENN DU VERSTEHST, WORAUF ICH HINAUSWILL!

NENN MIR EINEN GUTEN GRUND, WARUM ICH DIR NICHT SOFORT DEN KOPF WEGSCHIESSEN SOLLTE!

ÄH...

ICH F-FÜRCHTE, MIR FÄLLT KEINER EIN.

WAS?

S-SIE HABEN RECHT! ICH HABE ES VERDIENT! PUSTEN SIE MICH INS VERGESSEN, BARKOODA! UND DANN...

UND DANN... ESSEN SIE MICH!

VOLLER ÜBERRASCHUNGEN, DIESER MAGIER!

HÄNGEN SIE MICH AUF, UND LASSEN SIE MICH BAUMELN, BIS ICH GRÜN UND SCHIMMLIG BIN... DANN ZERSTÜCKELN SIE MICH UND SERVIEREN MICH MIT EINER LEICHTEN GARNIERUNG UND UNMENGEN VON GROTBEEREN-SAUCE...!

HÖR AUF! ICH WERD SCHON GANZ HUNGRIG!

NA SCHÖN, MAGIER! BARKOODA MAG EIN HARTHERZIGER, BÖSER ABKÖMMLING EINER VIPER SEIN, ABER ICH BIN NICHT SO GRAUSAM, EINEM ALTEN KAMERADEN SEINEN LETZTEN WUNSCH ZU VERWEIGERN!

ABER NOCH NICHT!

DENN DU WIRST EINE LETZTE VORSTELLUNG FÜR MICH GEBEN, BEVOR DU STIRBST!

UND DIESMAL WIRST DU MIR ZEIGEN, WIE DU DIESEN REIFEN-TRICK MACHST!

28

29

UNGGGG!

ICH ... HABE HIER EINEN EINFACHEN REIFEN. NICHTS DARIN, NICHTS DARAUF.

ABER BEI DEN ZAUBER- WORTEN HE, PRESTO ...

IST JA IRRE!

UNGGGGG ...

NOCH
AN EINEM
STÜCK! UND
WENN ICH JETZT
DEN KOPF
HINDURCH-
STECKE?

ÄH ... DAS HALTE ICH
FÜR KEINE GUTE IDEE,
CAPTAIN!

WAS
IST LOS, MAGIER?
IST DA WAS, DAS
ICH NICHT SEHEN
SOLL?

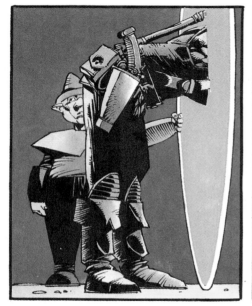

HEILIGE
NATTER!

B-BOBA
FETT!

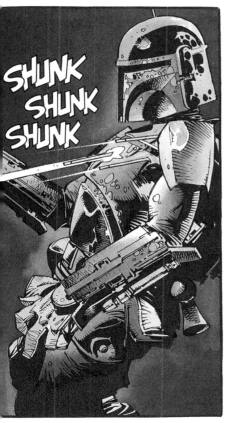

VIELE HABEN ES VERSUCHT...

UAAAARRRRR!

SHFFFF

...KEINEM IST ES GELUNGEN!

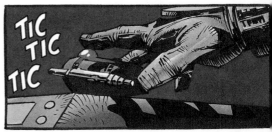

TIC TIC TIC

WO IST ER, MAGIER?

HOL DEN CAPTAIN ZURÜCK!

ICH, ÄH ... OKAY...

ICH ... GEHE EINFACH HINDURCH UND HOLE IHN!

HALTET IHN AUF!

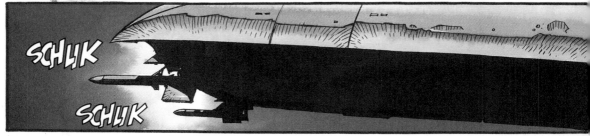

ES WIRD EINE WEILE DAUERN, BIS SIE UNS FOLGEN KÖNNEN ...UND DANN WIRD ES ZU SPÄT SEIN.

DU WOLLTEST ABHAUEN UND MICH ZURÜCK-LASSEN!

..ICH SAGTE, ICH WÜRDE DICH FREILAS-SEN... ABER NICHT, WO. SEI DANKBAR, DASS ICH ES ÜBERHAUPT GE-TAN HAB!

ICH GARANTIERE DIR, DEN HIER ERWARTET EIN UNANGE-NEHMERES SCHICKSAL.

UHHHH...!

EPILOG

DAS MAHL IST SEHR ÜPPIG ...

AUF ORKO DEN H'UNN!

ICH KENNE DICH, HUTT! WENN DAS EIN TRICK IST, UM MEINEN TRE- SOR ZU LEEREN ...

WAS DENKST DU NUR, ORKO? WIR HATTEN UNSERE DIF- FERENZEN, ABER ES IST AN DER ZEIT, DAS ALLES HINTER UNS ZU LASSEN. UN- SERE BEIDEN FAMILIEN SOLLTEN BEFREUNDET SEIN.

ICH MÖCHTE SOGAR NOCH WEITER GEHEN. ICH SCHLA- GE DIR EINE VERBIN- DUNG VOR.

DENN DEINE ENTZÜCKENDE TOCHTER ... DIE SCHÖNE ANA- CHRO ... UND ICH ... WIR LIEBEN UNS.

FLUTTER

DAS IST ES AL- SO! DU WILLST MIR SOGAR MEI- NE TOCHTER NEHMEN!

MEIN LIEBER ORKO! DU VERSTEHST MICH FALSCH! ICH VERSICHERE DIR, ICH HABE VÖLLIG EHRBARE ABSICHTEN ... SO EHRBARE, WIE EIN HUTT SIE NUR HABEN KANN ...

BITTE! BERUHIGE DICH! GENIESSE DAS MAHL! WIR SIND NOCH NICHT EINMAL BEIM HAUPT- GANG ...

ICH KANN DICH BE- STIMMT ÜBERZEUGEN, DASS ICH EHER EINEN EX- ZELLENTEN SCHWIEGER- SOHN ABGEBE ...

ENDE